Les 10 Boutons

TEXTE DE MYRIAM KLEIN
ILLUSTRATIONS DE CLAUDIA BIELINSKY

casterman

Ce matin, madame Varicelle s'est faite toute belle et a rejoint madame Rougeole pour aller à l'école. Comme elles aiment les enfants, elles ont offert des boutons aux plus charmants !

Le petit Léon

en a **1** sur...

La jolie Chloé en a **2** sur...

La tendre Barbara en a 3 sur...

Guillaume le plus filou en a **4** dans...

Sébastien le plus malin en a 5 sur...

La délicieuse Mireille

en a **6** sur...

L'adorable Cyril en a **7** autour...

Pierre le plus costaud en a **8** dans...

Et Jeanne la plus pressée en a **9** sur...

Bravo, mesdames Varicelle et Rougeole,
vous avez fait du beau travail aujourd'hui à l'école !

Même la maîtresse en a

10 sur...